Tipik
junior

Meurtre au Salon du livre

Martine Delerm

Illustration de couverture :
Martine Delerm

Magnard
Jeunesse

chapitre 1

Gérard Lefloch, le patron des Éditions Garnassière, était à cran. Laurence m'avait prévenue :

« Tu verras... Très soupe au lait, imprévisible... et en plein régime amaigrissant ! »

Lorsqu'elle m'avait présentée – « Voici Elsa, en stage chez nous pendant le Salon » –, il m'avait à peine regardée, tendu une main molle et bredouillé un inaudible « Bien, très bien » avant de soupirer, de s'essuyer le front et de foncer droit sur un homme en bleu de travail qui arrivait, un escabeau sous le bras :

« Ah ! Enfin ! Depuis deux jours que je

réclame ! Il faut m'enlever ces spots ! Ce n'est plus un stand, ici, c'est une rôtissoire. Les livres vont finir par prendre feu ! »

Il n'avait pas tout à fait tort ! Les ampoules fixées au plafond dardaient une chaleur torride sur le stand. Le matin, c'était encore vivable mais, dès que le soleil montait au-dessus de la coupole de verre qui abritait le Salon du livre, l'atmosphère devenait irrespirable et, bien que Gérard Lefloch ait depuis six mois entamé un régime amaigrissant et qu'il en parlât du matin au soir, il n'avait encore perdu que quelques petits kilos… Il suait, soufflait, gémissait, vitupérait la canicule.

« Je suis sûre qu'il en pèse encore plus de cent ! » m'avait dit Laurence, experte en régimes de tous ordres. Et, en voyant sa silhouette de panda balourd, on la croyait volontiers. C'était elle, d'ailleurs, qui lui avait révélé son arme secrète contre la graisse :

« Le thé vert, monsieur Lefloch, le thé vert ! Croyez-moi, il n'y a que ça… » Depuis, Gérard Lefloch, confiant, s'était converti à la boisson magique. Il en buvait des litres ! Craquait-il sur une assiette de petits fours, thé vert ! Sur un bol de cacahuètes, thé vert ! Aussi ne se séparait-il jamais de sa bouilloire électrique ni de ses sucrettes sans calories.

Depuis mon arrivée, il ne m'avait pas dit trois mots mais, par bonheur, j'avais fait plus ample connaissance avec madame Müller, la secrétaire, qui, à l'occasion du Salon, tenait la caisse. Une femme discrète et douce qu'un petit tailleur gris un peu démodé rendait presque invisible. J'aimais sa voix posée, son regard bienveillant. Elle m'avait tout de suite adoptée, expliqué le classement des collections, révélé les secrets du petit cagibi qui tenait lieu de vestiaire et de réserve pour les bouquins, les affiches, les marque-pages, les paquets de biscuits et de… thé vert ! Grâce à elle, je m'étais sentie à l'aise.

J'appréciais moins Maxime Lascan. Drôle d'animal que cet attaché de presse[1] à la souplesse inquiétante de félin, au crâne auréolé d'une crinière rousse ! D'épais verres fumés cachaient ses yeux. Qu'y avait-il derrière cet écran sombre ? Quel regard nous observait ? Depuis la veille, il me croisait sans me voir, indifférent. Il parlait avec lenteur, réprimant parfois un bâillement au

1. Voir glossaire p. 109.

milieu d'une phrase et traînant une nonchalance désabusée dans les allées du Salon, l'oreille collée à son portable. Ailleurs.

Laurence le détestait : « Encore un "détaché" de presse ! Il est bizarre, ce type : on se demande ce qu'il fait chez Garnassière ! Il déteste la littérature jeunesse ! »

Mais rien, ni la canicule qui s'annonçait, ni la mauvaise humeur de Gérard Lefloch, ni le mépris affiché à mon égard par Maxime Lascan n'aurait pu entamer mon bonheur d'être là.

Quand Laurence, notre voisine du dessous, m'avait proposé ce stage et que maman avait accepté, j'avais sauté de joie. Trois jours au Salon du livre, sur un stand de littérature jeunesse ! Le rêve absolu pour quelqu'un comme moi dont les placards regorgent de bouquins, dont les étagères croulent sous le poids des romans, quelqu'un qui veut devenir écrivain, libraire ou bibliothécaire. Vivre au milieu d'un océan de papier, de mots, de pages ! J'adore les livres et, plus encore, les romans policiers des Éditions Garnassière avec leur couverture noire bordée d'un sobre filet rouge… sang ! Une minuscule vignette en bas à droite illustre un détail de l'histoire, parfois un indice, parfois une fausse piste… J'aime m'embarquer pour des enquêtes palpitantes et tordues, accompagner les pas d'un détective, errer, hésiter, trembler avec lui… Bien calée dans mes oreillers douillets, je plonge avec délice dans l'ombre menaçante de banlieues désertes d'où, seule, la voix fâchée de ma mère réussit à me tirer. « Elsa, il faut éteindre ! Il est onze heures, tu lis encore ces horreurs ! »

Je fréquente avec assiduité le C.D.I. du collège, l'étal du bouquiniste derrière la mairie. Je hante les rayons de la bibliothèque de la rue du Mont-Cenis. Hercule Poirot, Brunetti, Sherlock Holmes sont mes meilleurs amis ! Je lis en marchant, en mangeant et même en regardant la télé ! Je me nourris, je me goinfre de livres : une vraie boulimie !

Alors là, j'étais gâtée : trois jours dans un lieu consacré aux livres. Une aubaine, un miracle tombé du ciel ! J'avais encore du mal à y croire. Aider madame Müller à la caisse, coller les pastilles vertes sur les couvertures, préparer les bouquins des auteurs qui venaient signer, porter les verres d'eau : tout me plaisait.

Je respirais enfin, dans ce lieu clos, un air plus

oxygéné que celui des côtes bretonnes… Le Salon du livre ! Un gigantesque vivarium au ciel de verre opaque, au sol moquetté de rouge, peuplé de créatures aux mœurs étranges. Une cité de science-fiction avec ses carrefours, ses rues à angle droit, ses plans, ses affiches… Moi qui aimais tant lire, j'étais là, émerveillée, au milieu d'une multitude de bibliothèques, de librairies, de livres… Au cœur d'une ville qui avait ses propres lois, ses coutumes et même ses dieux, dont les photos immenses dominaient les noms magiques des stands Gallimard, Le Seuil, Actes Sud…

Un pays qui parlait un autre langage : « service de presse », « quatrième de couverture », « office », « pilon », « tiré à part », « in-folio », « photo-compo », « belle page »[1]… Tous ces termes m'enchantaient… J'avais soudain l'impression de posséder un mot de passe, d'entrer dans un monde interdit où l'on aurait bien voulu de moi.

« Exposant » : c'était écrit sur mon badge en plastique et je n'en étais pas peu fière ! Le Salon aux allées encore désertes n'allait pas tarder à

1. Pour tous ces mots, voir glossaire p. 109.

ouvrir... Ce samedi s'annonçait comme un jour à marquer d'une pierre blanche dans ma vie...

Je ne savais pas encore à quel point j'avais raison : mais côté couleur, mieux valait prévoir noire !

chapitre 2

Le flot des visiteurs grossissait à vue d'œil mais il régnait encore une atmosphère paisible. La moquette étouffait les pas et les amateurs de lecture, manteau sur le bras, prenaient le temps de feuilleter les ouvrages. C'était l'heure des familles, des poussettes, de ceux qui aiment bien fouiller tranquillement dans les rayonnages. La chaleur montait doucement…

Trois auteurs signaient leur dernière parution. Jean-Paul Messian, un vieux monsieur barbu, spécialiste de science-fiction, un univers qui me reste étranger. Laurence a tout essayé pour me convaincre. « Je t'assure, lis celui-là, c'est super ! »

Je dis oui-oui, peut-être, pourquoi pas ? Mais je refile les livres qu'elle me donne à Kévin Bréant, un copain de 3eB fou furieux de galaxies, d'extraterrestres et de technologie avancée.

À ses côtés, Stéphane Brossaud signait des romans policiers farfelus qui s'amusent à pasticher le grand Hercule Poirot. Mais, loin du héros d'Agatha Christie tiré à quatre épingles et terreur des criminels les plus rusés, le sien, affublé du pathétique surnom de Ridicule Poireau, se jetait à corps perdu dans des énigmes simplistes dont il ne trouvait jamais la solution... C'était très drôle : dès la dixième page, on avait trouvé le coupable. Ridicule Poireau, lui, pataugeait et on était là à pester contre sa bêtise, à rire méchamment de ses maladresses !

Et puis... un peu plus loin... mon idole ! Marie O'Faye : *Meurtre au métro Miromesnil, Crime au Trocadéro, Noyade au Pont Neuf...* Je pourrais les citer tous ! J'adore les enquêtes de Félix Gardon dans Paris. Ce sont mes polars préférés... Et elle était là, à deux mètres de moi, en chair et en os, toute de noir vêtue, signant livre sur livre pour une file de collégiens excités. De temps à autre, elle relevait la mèche de cheveux gris qui lui barrait le front et, alors, on voyait ses yeux : des yeux de félin étincelants d'un vert étrange. Quand ils croisaient les miens, je me demandais si je ne rêvais pas.

Avant de l'approcher, je voyais le monde de l'édition comme une immense farandole : auteur, éditeur, distributeur[1], libraire... Laurence me parlait souvent de son métier, de ses difficultés. Elle dirige la collection « Nerfs en boule » et je savais que la naissance d'un livre n'est pas une chose simple, mais j'imaginais le tout avec une certaine naïveté. Les auteurs écrivaient pour le bonheur des enfants. Les éditeurs, chaque matin, s'asseyaient, ravis, devant des piles de manuscrits comme devant un couscous royal tout fumant. L'équipe de fabrication choisissait le plus beau papier. Au diable l'avarice ! Rien n'était trop beau pour le jeune public ! Tout un petit monde dégoulinant de bonnes intentions... Un vrai conte de fées ! Pendant des années, j'ai imaginé Gérard Lefloch entrant en trombe dans le bureau de Laurence : « Écoutez-moi ça, Laurence... Le chef-d'œuvre, le chef-d'œuvre ! Le livre que j'aurais aimé lire à dix ans ! Mais qui est cet auteur ? »

1. Voir glossaire p. 109.

Un Gérard Lefloch léger, bondissant, virevoltant, passionné par son métier, bien loin du personnage exténué et taciturne que je découvrais...

Le stand Garnassière était bien placé, au centre du Hall des expositions, presque en face de Magnard, pas très loin de Gallimard... La veille, j'avais adoré me promener dans les allées, lire le nom des maisons d'édition. Il y en a de très beaux : Sable et Eau, Tourbillon, Terre de Brume, Ricochets, Rivage, Boussole, on se prendrait pour un explorateur ! Il en existe aussi de très sévères, dont on imagine que les livres ne sont jamais lus pour le plaisir : Archives diplomatiques du ministère des Affaires étrangères, Organisation maritime internationale. Certains restent énigmatiques, comme P.O.L., P.O.F., P.T.C. ou J.C.L... Mais mes préférés sont Plume de Carotte et, surtout, Poisson soluble ! Plus de mille éditeurs, de quoi donner le vertige !

J'étais heureuse de travailler sur le stand Garnassière, noir et rouge avec ses deux murs couverts de romans, d'albums, sa table basse centrale et, sur celles où signent les écrivains, de chouettes petites lampes jaunes, vertes, mauves, avec des abat-jour qui leur donnent un look de champignons vénéneux ! Et puis, au fond, la caisse où trône madame Müller, juste à l'entrée de la réserve.

Dans les moments tranquilles où je n'avais rien à faire, je restais à rêvasser, laissant mes regards s'attarder sur ce décor, m'imprégnant de cette atmosphère irréelle… Que de souvenirs en perspective !

« Tiens, Elsa ! Porte ça à monsieur Lefloch… Il m'a demandé mes sucrettes : il a oublié les siennes. »

Je sursaute… Oui ! C'est bien la voix suave de Marie O'Faye. Elle me tend une minuscule boîte rouge et blanche. Sa main frôle la mienne ! Ne vient-elle pas de m'appeler Elsa ? L'ai-je rêvé ? Mais non ! La voilà qui ajoute, avec un irrésistible sourire :

« Tu serais gentille ! »

Je balbutie un « Bien sûr ! » qui refuse de dépasser mes lèvres. Mais, déjà, un jeune homme timide et respectueux l'accapare… « Mes élèves seraient enchantés… tous vos livres… une rencontre… » Je serre la boîte.

Gérard Lefloch était affalé sur l'unique chaise de la réserve. Pour échapper à la chaleur des spots, il avait élu domicile au milieu des entassements de vêtements, des piles instables de cartons montant à l'assaut des murs dans un invraisemblable imbroglio de sacs et de livres. L'air absent, il faisait tourner un sachet de thé dans un gobelet en plastique.

Il parut reprendre vie en m'apercevant – « Ah ! mes sucrettes ! » – et il m'arracha la boîte des mains. « Merci, ma petite… » Il fouilla un instant sa mémoire à la recherche d'un prénom qui ne lui revenait pas, puis laissa tomber nerveusement les pastilles dans le liquide verdâtre, qui se troua de deux ronds mousseux. Il les battit convulsivement de sa cuillère. « Elsa, monsieur. Je m'appelle Elsa… » Mais il ne m'entendit pas.

Il avalait son thé goulûment et je ne pus m'empêcher de penser à un chien assoiffé qui viderait son écuelle d'un coup de langue.

Répugnant…

chapitre 3

Maxime Lascan était en grande conversation avec une créature étonnante. Barbara Berovna ! Je reconnaissais le teint très pâle, les sourcils charbonneux et l'étrange chapeau noir tout cabossé qui la faisait ressembler à une vieille sorcière. Juste en dessous de la photo qui la représentait grandeur nature, elle gesticulait, secouée d'horribles convulsions face à l'attaché de presse impassible, mollement engoncé dans un des fauteuils de cuir du stand.

« On va essayer mais, vous le savez bien… nous avons des impératifs financiers… La collection doit rester à un prix abordable ! »

Les annonces officielles du Salon, qui tombaient du ciel comme des paroles divines, couvraient en partie leurs paroles. La voix de Barbara Berovna s'aigrissait, les lèvres couleur de sang se tordaient :

« Mais c'est invraisemblable… on croit rêver… C'est l'éditeur qui… se mettre… service de l'auteur… pas l'inverse… »

Maxime Lascan approuvait, l'air navré, impuissant, le regard vide devant ce vampire haletant. Des bribes de phrases m'arrivaient, lancées comme des projectiles… « Manque de respect… littérature… commercial… formatage[1]… » Maxime compatissait. On ne pouvait que déplorer le système… La collection n'avait que quatre-vingt seize pages. C'était ainsi… Qu'y pouvait-on ? La collection ? Ah ! La collection ! La sacro-sainte collection ! Un carcan pour la création… ! La mort des auteurs… Des vrais auteurs ! Et, dans la bouche de Barbara Berovna, le mot « vrai » prenait l'allure d'une menace.

Elle s'était dressée, bras levés, prête à jeter un sort au stand Garnassière tout entier. Jean-Paul Messian avait enfin trouvé une distraction et

1. Voir glossaire p. 109.

Stéphane Brossaud ne la quittait pas des yeux, l'air interrogatif. De temps à autre, Marie O'Faye se retournait, une lueur amusée au fond des pupilles. Madame Müller, préférant ignorer l'esclandre, rangeait des albums. Barbara pivota violemment vers elle :

« Sans les auteurs, il n'y aurait pas de collections, pas d'attachés de presse, pas de maisons d'édition, pas… »

La porte de la réserve s'ouvrit.

« Ah ! Gérard ! Je ne vous savais pas ici. Je disais justement à Maxime : cette histoire de chapitres à enlever, ce n'est pas sérieux ! »

Et la litanie des doléances reprit. Gérard Lefloch avait blêmi, des gouttes de sueur lui perlaient au front. Il sortit son éternel mouchoir à carreaux. Ce problème de format, de nombre de pages, en plein Salon du livre, ne l'intéressait visiblement pas. Il leva les yeux au ciel. Trois spots fonctionnaient encore. Le technicien avait promis de revenir au plus tôt. Il faudrait réussir à les éteindre avant que tout ne cuise… Il n'était que dix heures et il commençait à faire vraiment chaud… Il soupira.

« C'est ça, glapit la créature maléfique. Dites tout de suite que je vous ennuie ! Vous êtes pourtant bien content de les trouver, les auteurs. Sans eux, qu'est-ce que vous seriez ? Hein ? Un fils à papa au chômage, voilà ce que vous seriez ! »

Et elle rejeta en arrière l'encombrant châle à franges qui la recouvrait. Son pas violent fit vibrer toute l'infrastructure du stand. Trois ou quatre livres dégringolèrent des étagères et le verre de jus d'orange que j'apportais à Stéphane Brossaud m'aspergea copieusement le poignet.

Gérard Lefloch semblait anéanti :

« Mais ce n'est pas pour elle que j'ai soupiré ! Quel caractère ! Non, mais quel caractère ! »

Madame Müller opina d'un léger battement de paupières qui savait rester digne et ne manifester que ce qu'il fallait de réprobation. Rien ne prouvait que Barbara Berovna et Gérard Lefloch ne termineraient pas le Salon sur une réconciliation démonstrative !

Maxime Lascan, sans qu'on s'en aperçoive, avait disparu. Laurence paraissait fatiguée… Le jus d'orange poisseux me dégoulinait le long du bras. Elle m'indiqua les toilettes.

« Au fond, là-bas, à droite du panneau

"Restaurant"... Tu vois le chapiteau blanc ?... Eh bien, encore plus à droite... Tu passes derrière une sorte de palissade et c'est au premier... »

L'air était plein d'une électricité bizarre, une espèce d'impatience sourde, comme au théâtre, avant les trois coups !

Soudain, je n'étais plus au cœur de l'action, mais en lisière, avant quelque chose d'indéfinissable. Je n'étais plus actrice, mais spectatrice... La représentation allait commencer : une comédie grinçante qui me réjouissait à l'avance... Hélas, je me trompais...

Le rideau ne s'ouvrait pas sur une pièce très drôle. On avait modifié le programme : plus de comédie, mais un drame, un terrible drame.

chapitre 4

« **Restaurant. Chapiteau.** À droite », m'avait dit Laurence. Je n'étais pas fâchée d'abandonner un instant la canicule des Éditions Garnassière. Dans les allées, l'air était plus frais et on respirait mieux. La foule arrivait en masse, à présent, et on approchait difficilement des stands. De grandes photos pendaient au-dessus des tables où s'alignaient des piles de livres. C'était impressionnant : certains avaient des milliers de lecteurs ! Madame Plumail, mon prof préféré, prétendait qu'il valait mieux avoir un seul lecteur qui lise vraiment plutôt que des milliers qui achètent le livre parce qu'on en parle mais ne le lisent pas vraiment. C'était une formule, bien sûr, mais cette remarque m'avait frappée. Elle, elle lisait Montaigne… Un auteur qui avait vécu en 1590 et qui nourrissait la vie de quelqu'un des siècles après, quelqu'un qui le connaissait intimement, quelqu'un qui était son ami ! J'observais les portraits suspendus… Auraient-ils encore des « amis » dans cinq siècles ? Tous souriaient, de vieux messieurs barbus, des jeunes femmes bien coiffées, des jeunes gens cravatés. Qui aurait pu dire, en les croisant dans la rue, qu'ils étaient écrivains ? Existait-il une tête d'écrivain ? En les regardant bien, je les trouvais même un peu décevants. L'un d'eux ressemblait à mon prof de maths et l'autre à la boulangère au coin de ma rue ! Non, rien ne distingue un écrivain d'un non-écrivain, comme rien ne distingue un criminel d'un non-criminel…

Soudain, je crus entendre Pauline, ma meilleure amie de 3e B :

« Mais arrête tes élucubrations cinq minutes ! Tu verras, c'est super reposant de ne pas penser ! »

Elle avait raison ! Je ne peux m'empêcher d'inventer de petits romans, des théories… Et ça ne me mène nulle part.

Le restaurant venait d'ouvrir. Deux ou trois éditeurs bavardaient autour d'un café. D'ici une heure, on se battrait pour trouver une chaise, pour acheter un sandwich rassis. L'année passée, avec Pauline, on avait dû manger nos tartines, assises par terre, le dos calé contre une issue de secours, comme au milieu d'un campement de réfugiés ! Mais, pour l'heure, l'endroit était plutôt solitaire. En longeant la palissade qui ferme l'espace du Salon, je trouvai la porte dont m'avait parlé Laurence.

Derrière, c'était étrange : on laissait le Salon, ses lumières, son luxe distingué pour un hangar aux murs de béton nu, au plafond de poutres de métal. Conteneurs grillagés, empilages de caisses, de chaises, chariots de toutes tailles : on se serait cru dans un entrepôt abandonné. Mes pas résonnaient. Personne. Je frissonnai et m'engouffrai dans l'escalier menant aux toilettes. Le lieu était désert. Je fis couler, à la hâte, l'eau glacée sur mon poignet collant.

Une voix aiguë s'éleva derrière moi :

« Non, mais tu te rends compte ! Je l'ennuie ! Monsieur soupire ! Tu sais combien a fait le dernier ? Quinze mille ! et il soupire ! La meilleure vente du trimestre, et je l'ennuie… »

Deux silhouettes de femmes surgirent dans le miroir devant moi. Je reconnus immédiatement Barbara Berovna…

« Venge-toi, fais-le attendre…

— J'ai une bien meilleure solution. Crois-moi, il va le payer, et cher ! »

Un rire acerbe s'étrangla dans sa gorge. Je baissai la tête, craignant qu'elle ne me voie, mais elle ne me prêta aucune attention. Elle ne cessait de rire et ce rire n'avait rien de joyeux. Sur ce visage de mort-vivant, toute expression devenait tragique.

Je n'avais plus qu'une idée : quitter cet endroit sinistre.

Je dévalai les marches et retrouvai avec soulagement les allées surpeuplées du Salon.

Légère ! Libre comme l'air avec – du moins le croyais-je ! – deux belles journées devant moi, au milieu des livres. J'avais même apporté un petit carnet orange pour faire signer mes auteurs préférés.

Marie O'Faye m'avait écrit : « Pour Elsa qui connaît mes livres mieux que moi ! » Quand Pauline verrait ça !

Au-dessus du toit de verre, le ciel se faisait plus bleu. Dehors, c'était une belle journée de printemps qui commençait. Après plusieurs semaines de froid, de vent et de pluie, où l'hiver avait semblé ne jamais devoir finir, le soleil était brusquement revenu avec les premiers bourgeons sur les marronniers. Il y aurait du monde aux terrasses et des bouchons sur le périphérique, mais la vraie vie, c'était ici.

Ici, dans cet immense bocal : la vraie vie ! La seule, celle des destins de papier. La vie grouillante d'êtres étonnants, nés de la pensée humaine. Oh, ils faisaient semblant de rien, bien cachés dans les piles de bouquins, à l'abri sous les couvertures cartonnées, tapis derrière les mots... Ils sortiraient du Salon sagement prisonniers des sacs de plastique « Lire, c'est partir » et, à la première occasion, sur un quai de métro, un banc de square, à peine le livre ouvert, ils prendraient vie, se mettraient à penser, à respirer, à parler plus fort que le voisin de la rame accroché à la barre centrale, que la dame qui attend son chien au bord de la pelouse. Plus réels que les voisins du dessus, dont la seule particularité est de se faire couler un bain vers une heure du matin. Oui, plus vrais d'une vie plus forte, simplement par le miracle de quelques signes imprimés…

C'était sûr : je connaissais mieux Félix Gardon et ses petites manies que Steeve Prévost ou Julie Garnier de la 3eB.

« Elsa ? Qu'est-ce que tu fais ici ? »

chapitre 5

La bibliothécaire de la rue du Mont-Cenis, mademoiselle… En fait, j'ignorais son nom mais son chignon, son col montant et la façon dont ses yeux pétillaient malicieusement quand elle m'autorisait à emprunter plus de livres que le nombre permis par le règlement m'avaient poussée à la surnommer Miss Marple ! Pendant que je lui racontais mon début de stage, elle hochait la tête avec un mystérieux sourire :

« C'est fou comme le monde est petit ! J'ai travaillé autrefois aux Éditions Garnassière. Du temps du père : Edgar… Gérard était stagiaire, comme toi ou presque ! Il venait de rater son bac pour la deuxième fois et son père se demandait bien ce qu'il allait faire de lui... »

Elle releva ses lunettes sur son front, plissa les yeux et ajouta :

« Je vois qu'il a trouvé ! »

Elle me raccompagna jusqu'au stand, évoquant cette période de sa vie où elle faisait des recherches pour les biographes, les historiens, réécrivait parfois des chapitres entiers.

« Ce devait être passionnant !

— Au début, oui. J'étais jeune... Je me disais que c'était une bonne expérience... mais Edgar Lefloch oubliait de me payer. Il m'assurait qu'il m'embaucherait dès que possible. J'ai attendu un an. La journée, je vendais des fleurs près de l'Hôtel de Ville et, le soir, je travaillais pour lui...

— Et alors ?

— Alors, il a embauché quelqu'un d'autre. De tout à fait incompétent, d'ailleurs... mais qui faisait du cheval avec lui à Chantilly ! »

Elle rajusta ses lunettes sur le bout de son nez et je crus voir un éclair de regret dans ses yeux.

« C'est dégueulasse ! »

Le mot m'avait échappé. Je rougis jusqu'à la

racine des cheveux mais Miss Marple ne semblait pas choquée.

« On peut le dire, mais on peut dire aussi que c'est du passé… Au fait, Gérard Lefloch… il aime toujours autant le whisky ?

— Non, il s'est converti au thé vert ! »

Miss Marple réprima un gloussement amusé :

« Comme quoi tout peut arriver ! Allez, Elsa, profite bien de ces journées… et à bientôt… »

Tandis qu'elle s'éloignait trotte menu, et se fondait dans la foule, Marie O'Faye signait sans répit. Des garçons, des filles de mon âge lui tendaient timidement un bouquin, un carnet, parfois même une simple feuille. Elle s'exécutait avec simplicité, avait un mot gentil pour chacun.

Un groupe joyeux l'entoura bientôt : ils auraient aimé lui poser quelques questions :

« C'est pour le journal du collège…

— Je vous écoute !

— Est-ce un métier agréable, écrivain ?

— Très ! On redevient jeune, on change de peau…

— Vous n'aimeriez pas écrire pour les adultes ? »

Les questions se succédaient, sans doute déjà mille fois posées.

« À quel âge avez-vous commencé à écrire ? Est-ce que c'est difficile ? »

Mais Marie O'Faye accueillait chacune d'elles avec sérieux, comme si c'était la première fois qu'elle l'entendait. Elle répondait longuement, expliquait, précisait sa pensée… J'étais fière de la connaître un peu.

Une rousse avec des nattes, qui prenait des notes, s'avança avec respect :

« Nous vous remercions. Nous attendons votre prochain livre avec impatience… C'est pour bientôt ? »

Marie O'Faye parut soudain très lasse. Elle hésita avant de répondre. Elle ne savait pas. Pas tout de suite ! Il leur faudrait peut-être attendre… Un « Oh… » déçu parcourut la petite troupe et je faillis en pousser un, moi aussi !

Ils s'éloignèrent en silence.

Madame Müller m'envoya chercher des pastilles à coller sur les livres. Laurence et Maxime Lascan mettaient au point le planning du lendemain. Perché sur son escabeau, l'électricien avait réussi à neutraliser deux spots de plus et l'air était devenu plus respirable.

Dans la réserve, Gérard Lefloch regardait bouillir l'eau. Il était amorphe, comme vidé de toute énergie. Je lui trouvai le teint terreux : un masque d'argile. J'essayai un instant d'imaginer le jeune homme qu'avait connu Miss Marple, claquant l'argent de papa. Comme dans les vieux films, je le voyais au volant d'une voiture de sport décapotable, riant trop fort, fréquentant les bars à la mode, entouré de ravissantes idiotes blondes. Quelque part entre la mer et le ciel. Un jeune homme au physique de jeune premier mordant la vie à pleines dents.

Et là, tout seul au milieu du bric-à-brac de la réserve, des manteaux et des catalogues, ramolli comme une pâtisserie exposée au soleil, il me fit presque pitié !

chapitre 6

À la table des auteurs, c'était l'accalmie. Plus de lecteurs. Un moment de pause appréciable.

Soudain, Laurence me prit le bras : « Regarde en face ! » En face, une file d'attente joyeuse s'étirait devant les Éditions Basfonds, où une jeune chanteuse à succès, tout juste sortie du C.M.2, dédicaçait un livre de souvenirs…

« C'est Gilberte Delvaux ! »

Je cherchai des yeux une silhouette de femme… Je ne vis qu'un drôle de vieil arbuste rabougri couvert de lichens : teint gris, cheveux gris, cardigan gris…

Marie O'Faye nous jeta un regard complice : Gilberte Delvaux s'était plantée au milieu de l'allée et barrait le passage aux promeneurs. Un grand classeur ouvert sur le bras, elle leur tendait un stylo que la plupart évitaient de prendre… Ils la contournaient, l'air gêné. Parfois, elle réussissait à en harponner un, plus timide ou plus distrait. Il l'écoutait, le front soucieux, paraissait hésiter…

« Qu'est-ce qu'elle vend ? »

Stéphane Brossaud éclata de rire :

« Elle ne vend rien : elle fait signer une pétition ! »

Laurence poursuivit :

« C'est la présidente de l'A.C.V.L., l'Association contre la violence dans les livres ! Un vrai pot de colle ! Elle se poste devant les stands qui vendent du roman policier et intercepte les acheteurs pour leur faire la morale… Une véritable calamité, mais c'est tout de même comique ! »

Plus personne n'osait approcher… Lorsqu'elle y était entrée, d'un pas décidé, notre stand s'était vidé comme par enchantement. Dans un grand silence embarrassé qui ne semblait pas la troubler beaucoup, elle avait pris un roman et, à présent, tranquillement assise, le feuilletait avec une moue réprobatrice. *Meurtre à Honfleur*. Je l'avais lu ! Si elle cherchait un cadavre, elle allait le trouver ! Elle s'absorba dans sa lecture : je devinai le passage. Place Sainte-Catherine… le corps de Netter sur les marches de l'escalier… le sang sur la main… Elle rejeta le polar, secouée d'un frisson de dégoût, et se leva brusquement. Gérard Lefloch venait d'apparaître. Elle marcha vers lui avec détermination :

« Monsieur Lefloch ! J'aimerais vous poser une question… Une seule, mais d'importance ! Que peut-on penser d'un éditeur qui incite la jeunesse à la violence, qui forme le goût de façon perverse, développe les mauvais sentiments ? »

Gérard Lefloch ouvrit la bouche, mais aucun son n'eut le temps d'en sortir. Elle avait repris son souffle et le flot se déversait :

« Les jeunes enfants, comprenez-vous, ont besoin de belles choses pour grandir. Savez-vous que c'est à cause de gens comme vous que le monde court à sa perte ? Savez-vous que la civilisation recule ? »

L'éditeur écarta les bras d'un geste fatigué.

« Eh bien, nous publierons des histoires

d'amour pour les filles avec des cœurs roses sur la couverture et des histoires de chevaux, de chiens abandonnés, d'écureuils blessés, de…

— Il ne s'agit pas de caricaturer ! C'est facile, lamentablement facile. Un peu de sérieux, monsieur Lefloch ! Il s'agit de réfléchir aux conséquences désastreuses de vos actes… Tenez : nous avons édité cette plaquette d'information ! »

Elle brandissait un opuscule tatoué d'une tête de mort comme on en trouve sur les produits toxiques.

« Lisez l'article "De l'influence désastreuse du roman policier sur la violence en milieu scolaire."

— Écoutez, je n'ai pas le temps… Posez-la sur la table…

— C'est ça ! Et vous la mettrez à la poubelle ce soir, avec les vieux papiers ! Je vous la range en lieu sûr… »

Et, avant que quiconque ait pu l'en empêcher, elle s'engouffra dans la réserve. Gérard Lefloch s'écroula sur un fauteuil :

« Madame Müller, je vous en prie, sortez-moi cette folle de la réserve ! »

Mais, déjà, la silhouette reparaissait, laissant tomber un : « Je vous l'ai posée près de la bouilloire ! Page 12, n'oubliez pas : page 12 ! », plein de mépris et d'autorité.

Des soupirs de soulagement suivirent le tourbillon de son départ... Stéphane Brossaud risqua même quelques applaudissements... Ce stage dépassait mes attentes. En quelques heures, j'allais tout connaître de ce microcosme qui m'intriguait tant. Barbara Berovna, et maintenant Gilberte Delvaux : la journée commençait bien ! Je contemplais avec une curiosité insatiable ce monde inconnu.

Derrière ces noms d'écrivains, certes familiers mais qui n'étaient que des lettres sur des couvertures de livres, je réalisai qu'il y avait des êtres humains de chair et de sang, avec leurs qualités et leurs petites faiblesses... Ainsi, Jean-Paul Messian, sous des airs de sage hindou, supportait très mal le succès de Marie O'Faye... Il essayait de capter l'attention des jeunes lecteurs par des rires bruyants, des plaisanteries éculées – « Dédicacer, dédi-casser, pourquoi pas dédi-construire ? » – qu'il ne se lassait pas de répéter. C'était éprouvant. J'avais hâte qu'il s'en aille.

À midi débutait au *Café Littéraire* un grand débat sur la place du roman policier dans la littérature jeunesse. Une question d'importance pour les Éditions Garnassière, spécialistes en la matière. Madame Müller et Maxime Lascan garderaient le stand et on me permettait d'accompagner Laurence et Gérard Lefloch.

Cela s'annonçait palpitant, le clou de la journée, et je m'en délectais d'avance.

Je n'aurais pas dû !

chapitre 7

Il y avait foule au Café Littéraire. Le cadre idéal pour débattre du roman policier : devant une estrade et quelques micros, une trentaine de tables, des chaises et de bons vieux canapés de cuir usé, tout droit sortis du salon de Sherlock Holmes.

Laurence se fraya avec autorité un passage parmi les spectateurs debout tout autour.

« Suis-moi, j'ai repéré deux sièges à droite… »

Je me glissai tant bien que mal dans son sillage.

Sur l'estrade, journalistes, auteurs, éditeurs bavardaient entre eux sans se soucier des centaines d'yeux qui les observaient. Laurence paraissait inquiète. Pourquoi Gérard Lefloch n'était-il pas là ? Le débat n'allait pas tarder à commencer et sa chaise demeurait vide…

« Je croyais qu'il nous suivait », me souffla-t-elle.

Je l'avais laissé dans ses préparatifs de thé vert, en train de pester contre la lenteur des bouilloires électriques… Il n'y avait pas de quoi s'alarmer. Le spécialiste de littérature jeunesse qui allait mener le débat classait ses papiers. Un brouhaha convivial montait des tables où certains, plus débrouillards que d'autres, avaient réussi à apporter boissons et sandwichs ! Des habitués… de ceux qui s'installaient une heure avant pour être bien placés !

Laurence, d'ordinaire si gaie, si bavarde, se taisait. Des cernes gris lui creusaient le regard.

Après un long discours soporifique sur l'enseignement du roman policier dans l'Éducation nationale, le débat commença vraiment. Un jeune homme dans l'assistance réclama le micro et lança un : « Il faudrait peut-être s'entendre sur la définition du mot "littérature" ! » qui déclencha les hostilités. Nous allions nous envoler vers les cimes de la pensée... Mais les réponses enfiévrées des différents intervenants ne réussirent pas à captiver notre attention, la chaise sur l'estrade demeurant désespérément inoccupée. Où était passé l'éditeur ?

« Je vais aller voir si... » Mais Laurence n'acheva pas sa phrase : Gérard Lefloch venait d'arriver sur l'estrade.

Plus blême, plus transpirant que jamais, il avait ouvert son col de chemise et dénoué sa cravate. Il semblait sortir d'un sauna. Décidément, maigrir ne lui réussissait pas... Il tira la chaise vers lui d'un geste hésitant, s'écroula plus qu'il ne s'assit et, soudain, à la surprise générale, se releva, tenta d'arracher sa cravate, tituba jusqu'au micro et s'affaissa brutalement. Un cri horrifié accompagna sa chute, immédiatement suivi d'un silence angoissé.

La foule retenait son souffle, comme figée sur une photo de groupe. Puis ce fut la bousculade, une pagaille indescriptible. Je ne vis plus rien. Tout le monde s'était levé autour de moi. Une voix affolée réclama à plusieurs reprises un médecin. Laurence avait disparu après m'avoir jeté un : « Toi, reste ici, attends-moi » qui ne souffrait aucune discussion.

La voix au micro se faisait plus pressante : « Mesdames, messieurs, soyez gentils. Veuillez reculer… Laissez-nous intervenir ! Reculez ! Reculez, s'il vous plaît… »

Je refluai avec la marée humaine, laissant derrière nous un désordre tragique de chaises et de tables. Le flot se déversa dans les allées.

Les hommes de la sécurité arrivaient avec un brancard :

« Allez, mademoiselle ! Allez, ne restez pas là. Il n'y a rien à voir ! »

Ils barraient l'entrée. J'essayai en vain d'expliquer ma situation, de montrer mon badge…

« Pas d'exception ! Allez, ce n'est pas un spectacle ! »

Je finis par céder et décidai de contourner le *Café Littéraire*. Gérard Lefloch était entré par le fond, il devait bien y avoir un passage de ce côté-là. Effectivement, je ne tardai pas à trouver une sorte de couloir d'accès, entre deux cloisons, et débouchai sur l'estrade, là où quelques minutes plus tôt l'éditeur s'était effondré.

L'endroit offrait le spectacle d'un abandon

hâtif : papiers épars, chaises renversées. Je m'approchai avec inquiétude du groupe qui entourait le corps étendu. Laurence me lança un regard noir qui me cloua sur place. L'homme agenouillé – un médecin sans doute – se releva, l'air abattu, les bras ballants. Un pompier recouvrit le pauvre homme d'un drap gris. On emporta la civière vers un véhicule stationné dans l'allée… Tous se taisaient.

Une main se posa sur mon épaule. Je sursautai. Marie O'Faye ! Je ne l'avais pas entendue venir.

« Vous ne devriez pas rester là. Vous n'êtes pas utile. On va le conduire à l'hôpital. »

Je la regardai, incrédule :

« À l'hôpital ? Mais il est mort, non ?

— Je crois », dit-elle froidement. Et elle s'éloigna, me laissant mal à l'aise.

Je ne me sentais pas très bien. Tout tournait autour de moi. Les annonces du Salon ne me parvenaient plus qu'étouffées, étrangement lointaines. Inaudibles.

Des frissons désagréables me traversaient de la tête aux pieds. Une femme en blouse verte s'activait avec énergie, relevait les chaises, essuyait les tables… Avais-je rêvé ? Qu'étais-je venue chercher ici ?

Participer à une fête du livre, visiter les coulisses, l'envers d'un décor que j'aimais. Mais, depuis ce matin, les coulisses ne cessaient de me décevoir. Je ne voulais pas me l'avouer : mon rêve partait en lambeaux. Un écœurement mêlé de pitié me submergeait. Mourir ainsi, foudroyé par une crise cardiaque, dans l'indifférence générale, au milieu de la rumeur insouciante du Salon !

« Mademoiselle, c'est fermé… Le débat sur la mondialisation, c'est sous le chapiteau… »

Toute étourdie encore, je retrouvai l'allée, la foule, l'agitation bruyante des stands. Allée J, allée K, numéro… 90… 91… 92… J'avançai comme une somnambule, presque étonnée de reconnaître mon chemin… Éditions Garnassière !

Pauline me sauta au cou :

« Salut ! J'ai apporté des sandwichs au poulet ! »

Pauline ! J'avais oublié notre rendez-vous. Quel bonheur de la voir ici !

« Si tu savais ce que je suis contente de te voir ! Tu es bien réelle ? Dis-moi que tu es vraie, je t'en prie ! Dis-moi que tu es vraie ! »

chapitre 8

Un complet désarroi régnait sur le stand Garnassière. Madame Müller avait décidé d'annuler les signatures de l'après-midi et Maxime Lascan essayait de joindre les auteurs par téléphone, expliquant et réexpliquant la situation. Laurence, partie avec les pompiers, n'était pas revenue. Pauline et moi répondions comme nous pouvions aux questions des visiteurs, mais le cœur n'y était pas : « C'est pour une fille ou un garçon ? C'est un garçon qui aime lire… Vous croyez que ça lui plaira ? C'est pour une fille de douze ans, mais elle est très mûre… Ce n'est pas un peu jeune ? »

Pendant notre pique-nique, je lui avais dressé le portrait fidèle de ce Gérard Lefloch qu'elle ne connaissait pas. Je lui avais tout raconté : la dispute avec "Vampirella", l'intervention furieuse de Gilberte Delvaux, les confidences de Miss Marple, le régime, la bouilloire, le thé, les spots… Tout. Sa présence me faisait du bien.

Nous rangions les piles de livres quand mon portable sonna : c'était Laurence.

« Elsa ? C'est moi, je sors juste du bureau du commissaire Combes…

— Du commissaire ?

— Oui. Du commissaire : monsieur Combes ! Écoute, ne t'affole pas, mais le médecin est formel. C'est un crime.

— Un crime ! »

Je me sentais stupide, juste capable de répéter bêtement ce qu'elle me disait.

« Oui, un crime. Empoisonnement à je ne sais plus quoi : un mot à rallonge, moitié grec, moitié latin. Bref, on a besoin de toi. Surtout, tu ne dis rien à personne ! Tu fermes la réserve et tu gardes la clé sur toi… Que personne n'y entre… On arrive. À tout de suite ! »

Incroyable ! Sans prendre le temps de réfléchir,

je passai devant la caisse de madame Müller, fermai la porte et ôtai la clé. Elle me jeta un œil noir :

« Mais qu'est-ce que tu fais là ? »

Je dus m'expliquer… Madame Müller avait perdu son calme olympien ; ses mains tremblaient et elle ne cessait de répéter à voix basse : « Mais quelle journée, mon Dieu, quelle journée ! »

Les derniers auteurs étaient partis. Seule Marie O'Faye s'attardait encore sur le stand, bavardant de choses et d'autres avec Maxime Lascan… Des mérites comparés du salon de Brive et de celui de Saint-Étienne, des chiffres de ventes du trimestre… Une terrible torpeur s'était abattue sur les éditions Garnassière et on aurait dit que les visiteurs le sentaient : ils avaient déserté nos rayons et nous nous retrouvions tous désœuvrés…

Assises sur une des tables désormais inutiles, Pauline et moi regardions déambuler les gens. L'après-midi battait son plein et, dans une chaleur quasi tropicale, la foule n'avançait plus qu'à pas lents, bouchonnait à chaque carrefour. Je serrais la clé au fond de ma poche. Pourquoi avait-il fallu fermer la réserve ? Pourquoi ce : « On arrive » ? Pourquoi un crime ? Et qui était l'assassin ? Est-ce que je le connaissais ?

Gérard Lefloch, spécialiste du roman policier, empoisonné ! En plein Salon du livre !

En face de nous, les Éditions Basfonds ne désemplissaient pas : un vieillard tout juste sorti de prison dédicaçait un livre (dont il n'avait pas écrit trois lignes, prétendait Maxime Lascan) dans lequel il racontait comment il avait tué toute sa famille, trente ans plus tôt.

« C'est parfaitement écœurant ! » soupirait Pauline.

Je pensais comme elle. Les histoires de crimes, de meurtres, je commençais à ne plus trop les aimer !

Vers trois heures, Laurence arriva en compagnie d'un homme vêtu de velours et de tweed : le commissaire ! Des épaules carrées, un cou de taureau, des petites lunettes d'intello sur un nez bosselé de boxeur... Il se dégageait de sa personne une force et une autorité qu'adoucissait une façon tranquille de parler et de poser des questions. Monsieur Combes bavarda un instant avec nous, me fit raconter ce que j'avais vu, puis tout alla très vite.

Après quelques minutes dans la réserve, il en ressortit, un sac plastique transparent à la main, et plaça les scellés sur la porte.

« Je vais donner ça au labo… »

Il emportait tout : la bouilloire, les gobelets, le thé, les vieux sachets gluants, la boîte de sucrettes…

La boîte de sucrettes ! Je ne pus m'empêcher de bégayer :

« La boîte… ? Vous pensez que… ?

— Oh ! je ne pense rien… Tout est possible… Il ne faut rien négliger… »

Je n'écoutais pas vraiment ce qu'il disait… D'autres paroles me revenaient, chargées d'un sens nouveau qui me faisait frémir : « Tenez, Elsa, soyez gentille… Gérard a oublié les siennes… » Je revoyais la main de Marie O'Faye se tendre vers la mienne, y déposer la petite boîte blanche et rouge. Non ! Ce n'était pas possible ! Pas Marie O'Faye ! Pas elle, pas moi ! Faire de moi l'instrument d'un meurtre, ç'aurait été trop tordu… Bien sûr, dans ses romans, des assassins machiavéliques usaient de tels stratagèmes. Mais dans la vie ! « Elsa, soyez gentille ! gentille ! gentille… » Le mot se décuplait en échos assourdis. Je me noyais dans une eau bourbeuse, les bruits extérieurs se mêlaient à de pénibles bourdonnements d'oreilles. Je m'enfonçais, je plongeais ! Une voix me ramena à la surface :

« Commissaire, permettez-moi de vous donner une information... »

La voix douce bruissait comme une eau claire. « Je ne sais pas comment vous le prendrez, mais, je dois vous l'avouer, ce sont mes sucrettes. Cette jeune fille a eu l'obligeance de les porter à monsieur Lefloch, qui avait oublié les siennes... Vous y trouverez certainement ses empreintes et les miennes... mais pas la moindre trace de poison. Je puis vous l'assurer ! »

Elle se tourna vers moi avec un sourire gentil :

« Je ne voudrais surtout pas vous causer d'ennuis. C'est une si triste coïncidence... »

Je respirai soudain un air plus frais. Je lui souris. Monsieur Combes nota nos adresses et Laurence le raccompagna vers la sortie.

Marie O'Faye rangeait tranquillement ses affaires... Je m'en voulus de l'avoir si injustement soupçonnée... !

chapitre 9

« **Elsa, tu devrais rentrer chez toi** te reposer un peu ! Et puis demain, tu sais, ce n'est pas la peine de venir... »

Laurence nous avait quasiment jetées dehors... Dehors, il faisait un temps merveilleux, le première journée de printemps ! Une foule estivale encombrait l'esplanade du Hall des expositions, inconsciente du drame qui venait de se jouer aux Éditions Garnassière. Je réalisais difficilement : Gérard Lefloch, assassiné ! Par bonheur, ma mère passait le week-end à la campagne, chez des amis. Je n'aurais pas à lui raconter l'événement, ni à affronter ses sarcasmes triomphants… Je l'entendais déjà : « Voilà où mènent toutes ces horreurs dont tu raffoles ! Tu le sais, je n'ai jamais aimé tes satanés romans policiers… » Moi aussi, d'ailleurs, je sentais bien que je commençais à ne plus trop les aimer… Je devais dormir chez Pauline, rue Notre-Dame-de-Lorette, et nous reprîmes le métro ensemble.

Autour de nous, sur le quai, les gens portaient des sacs gonflés de catalogues, de livres… Je repensai aux placards de ma chambre, pleins à craquer de bouquins : une vague nauséeuse me souleva le cœur !

Il fallait parler d'autre chose : le brevet approchait et le programme de maths nous causait quelques inquiétudes ! J'avais « décroché » dès Noël et Pauline, elle, ne s'y était jamais vraiment intéressée… Mais rien à faire ! L'angoisse de la géométrie dans l'espace ne réussissait pas à effacer ce qui s'était passé.

Entre Convention et Trinité, Pauline me fit raconter pour la énième fois le déroulement des événements. À présent, dans les trépidations du wagon, parmi les voyageurs silencieux, tout paraissait irréel. Une question nous taraudait :

pourquoi ? Qui pouvait lui en vouloir à ce point ? Dans les histoires, les films, la veuve éplorée déclare toujours, entre deux sanglots :

« Je ne vois vraiment pas, monsieur le Commissaire... Mon mari n'avait aucun ennemi... »

Ici, c'était le contraire. Tout le contraire... Les ennemis pullulaient...

Pauline réfléchissait :

« Peut-être cette Vampirella, comment elle s'appelle, déjà ?

— Barbara Berovna...

— C'est ça. Qu'a-t-elle dit exactement dans l'escalier des toilettes ? »

À force de le répéter, je n'étais plus très sûre de moi. Je revoyais avec précision les deux visages dans le miroir des lavabos, je retrouvais facilement la désagréable sensation des présences derrière mon dos, mais la voix m'échappait... Le vacarme de la rame, le claquement des portières s'y superposaient...

« Attends, l'autre... l'autre lui a dit qu'elle devrait se venger... ou un truc de ce genre-là... et elle a proposé... je ne sais plus trop quoi...

— Mais elle ?

— Elle ? Elle a dit… qu'elle avait un meilleur plan et qu'il le regretterait amèrement… ou toute sa vie… je ne me souviens plus du mot exact…

— Pour regretter, il faut être vivant… ! »

C'était une façon de parler. Et puis, Gérard Lefloch, tout le monde le détestait, et pas seulement Barbara Berovna. J'avais appris par Laurence que Maxime Lascan était viré, comme ça, sans qu'on sache trop pourquoi. Il quitterait les Éditions Garnassière dans un mois. Madame Müller le haïssait en silence. Depuis des années, elle subissait caprices et sautes d'humeur… Même Miss Marple avait eu maille à partir avec la famille Lefloch. Bien sûr, c'était au temps du père, mais ça donnait une idée de l'atmosphère ambiante !

De tous les témoignages surgissait peu à peu le portrait d'un triste personnage : un homme mesquin, calculateur, prisonnier de ses intérêts personnels, de ses petites manies. Les langues se déliaient : un éditeur d'un stand voisin nous avait raconté de sombres histoires de contrats léonins, de combines douteuses, de confrères ruinés… Certains détails techniques m'échappaient, mais l'ensemble prenait forme : un sale bonhomme !

Les stations défilaient. Les gens descendaient et nous pûmes nous asseoir. Le visage de Pauline se reflétait dans la vitre obscure :

« Finalement, il est mort comme les victimes de ses livres ! C'est étonnant, non ? »

Une phrase de Gilberte Delvaux me revint brutalement : « Vous verrez, vous finirez comme eux ! » On l'avait oubliée, celle-là !

Bien joué, le coup de l'opuscule et de l'entrée dans la réserve ! Elle avait eu tout le temps de glisser un sachet de thé empoisonné parmi les autres... Ni vu, ni connu... Pauline semblait perplexe :

« Comment aurait-elle su qu'il buvait du thé vert ?

— Oublions le thé... Reste l'eau de la bouilloire et le gobe...

— Trinité ! On descend ! »

Nous nous jetâmes entre les portes, qui se refermaient déjà. Nous avions failli rater la station. Pauline riait aux éclats.

« Bon, à présent, retour sur terre ! Prenons

notre air le plus normal possible : il ne faut pas affoler ma mère. »

Un petit incident acheva de nous ramener à la réalité. Une dame très âgée qui s'était perdue nous aborda au détour d'un couloir. Elle cherchait le quai et ne trouvait que la sortie. Le plus simple aurait été de prendre le passage interdit qui menait directement à la station… Mais elle hésitait…

« Je ne peux quand même pas prendre un passage interdit ! »

Nous finîmes par la convaincre : elle avait son billet et elle ne fraudait pas… Elle nous quitta tout à fait rassurée, en plaisantant même : « C'est pratique, finalement, les passages secrets ! »

Rue Notre-Dame-de-Lorette, Monique, la mère de Pauline, avait fait des crêpes.

chapitre 10

Je dormis très mal, n'ayant qu'une hâte : retrouver au plus vite Laurence et le stand. Pauline avait décidé de m'accompagner et nous n'avions rien dit à sa mère.

Ce dimanche matin, le printemps avait fait place à la pluie. Un ciel sale pesait sur Paris. Porte de Versailles, les gens pressaient le pas au sortir du métro et une multitude de parapluies brillants attendaient devant le Hall des expositions. L'hiver, revenu en force, entassait prospectus et papiers gras au bas des portes et des paquets d'eau se mêlaient au coulis d'air glacé.

Mais, chose étonnante, à l'intérieur, l'atmosphère n'avait pas changé. Le Salon n'offrait aucune prise au climat extérieur : même clarté blanche tombant de la verrière, même ensoleillement artificiel des allées. Le Center Park du livre !

Le monstre avait déjà digéré le meurtre de Gérard Lefloch… Mêmes conversations passionnées au seuil des stands, même nonchalance affectée des visiteurs, chacun semblant effectuer un trajet mystérieux, connu de lui seul. Encore une fois, des centaines, des milliers d'existences allaient se croiser, se frôler… Je frissonnai : celle de Gérard Lefloch, rayée à l'encre rouge, ne laisserait pas même un petit espace vide, ici.

Des jeunes filles distribuaient des marque-pages vantant la vie saine décrite dans le best-seller du professeur Fechner : *Soigne ton âme, soigne ton corps*. Concours, débats, enregistrement d'émissions, signatures : plongé dans l'agenda du jour, chacun établissait son programme personnel. À lire les panneaux et les guides pratiques, tout s'annonçait extrêmement important et pourtant… tout me paraissait bien dérisoire.

Derrière les vitres des studios de Radio-France, des journalistes, le casque sur les oreilles, relisaient leurs notes, des invités s'installaient, frétillants et tendus. Des bulles de vie, de pensée allaient se former, s'élever, éclater... Autour des petits bungalows de la radio, la foule se massait, pressée contre le hublot de ce four géant où la pensée gonflait comme un soufflé au fromage !

Plus loin, l'espace BD éclatait de couleurs. De grandes bandes de toile verticales invitaient à des rencontres d'auteurs prestigieux. Yakari, le petit Indien, serait la vedette du jour. Scénaristes, dessinateurs... les enfants ravis s'inscrivaient aux ateliers d'encrage et de mise en couleurs... Mais, pour moi, ce monde magique ne l'était plus.

Le malaise qui régnait sur le stand Garnassière passait inaperçu. Au milieu de l'espace déserté, derrière sa caisse inutile, madame Müller, plus transparente que jamais, comptait sa monnaie. Laurence, les yeux cernés de mauve, ne devait pas avoir beaucoup dormi ! Elle fronça les sourcils en nous apercevant :

« Elsa, Pauline, mais qu'est-ce que vous venez faire ? »

Par bonheur, une femme l'accapara. « Vous avez *Piège au Panthéon*, de Marie O'Faye ? » Dans l'allée, Maxime Lascan, le regard éteint, faisait nerveusement les cent pas. Il avait perdu son flegme britannique : un fauve derrière les barreaux de la ménagerie.

Le commissaire Combes devait passer : tout le monde était convoqué à une heure. Je regardai ma montre : il nous en restait trois à attendre... Pauline et moi avions dressé un plan. Tout d'abord, aller voir Miss Marple : Stand K 167, Paris-Bibliothèques.

Ses yeux pétillèrent de malice :

« Je me doutais que j'allais te revoir ! »

Je lui présentai Pauline... Ma vieille amie frétillait d'impatience :

« Asseyez-vous et racontez-moi tout ! »

Pendant le récit, Miss Marple, recroquevillée sur son siège, la main devant la bouche, étouffait de petits gémissements d'horreur et de ravissement. Pendant que Pauline racontait, je regardais les affiches vantant les mérites de la lecture : « Embarquement immédiat », « L'ailleurs est ici », « Lire, c'est partir ». On se serait cru dans une agence de voyages ! Lefloch, lui, était parti pour toujours... Je m'en rendais brusquement compte. Gérard Lefloch était devenu Lefloch tout court. Plus de chair véritable, plus un homme, mais un personnage de fiction. Sa vie s'était faite roman. Un triste roman !

Miss Marple essayait en vain de garder une attitude réservée en rapport avec la situation, mais tout son corps s'excitait, des mèches folles s'échappaient de son chignon, son col montant s'était entrouvert : elle avait rajeuni de dix ans !

« Si j'ai bien compris... Le cœur de l'affaire, c'est la réserve... Le crime a été commis dans la réserve... à l'aide de la bouilloire à thé vert... par ?... Et là, mystère ! »

Elle suçota un instant son stylo, secoua son carnet à spirale.

Nous retenions notre souffle.

« J'ai pris quelques notes, la solution de l'affaire s'y trouve peut-être. Reconstituons le déroulement des faits. Arrêtez-moi si je me trompe... De neuf heures trente à dix heures trente, à peu près : réserve ouverte à tous. Chacun y dépose ses affaires, sacs, manteaux, etc. Dix heures trente : épisode des sucrettes. Onze heures : épisode Barbara Berovna. À noter : elle n'entre pas dans la réserve. Puis affluence, affluence ! Les auteurs, eux, ne quittent pas la table des signatures. Madame Müller, Laurence sont débordées. Maxime Lascan disparaît parfois de longs moments : on ne peut donc pas affirmer avec certitude que personne n'est entré dans la réserve. Flou absolu ! Onze heures quarante-cinq : épisode Gilberte Delvaux, présidente de l'A.C.V.L. Onze heures cinquante-cinq : départ pour le débat. Douze heures vingt : arrivée de Lefloch. Douze heures vingt-et-une : mort de Lefloch. Douze heures vingt-six (à peu près) : présence de Marie O'Faye au *Café Littéraire.* »

Elle releva ses lunettes. Un long moment de silence découragé succéda au claquement sec du carnet.

Cette liste ne menait nulle part.

« Je crois au contraire qu'elle est importante. L'assassin a agi vite, avec préméditation… Il voulait que Lefloch meure en public… C'est quelqu'un de très fort… »

Miss Marple avait raison, bien sûr, mais tous étaient très forts. Et si tous étaient de mèche ? Comme dans *Le crime de l'Orient-Express* ?

Impossible : ils ne se connaissaient pas assez, parfois même ils se détestaient.

Cela n'empêchait pas l'imprécation de Gilberte Delvaux – « Vous verrez, vous finirez comme eux ! » – de résonner comme la sentence sans appel d'un impitoyable tribunal.

chapitre 11

« **Réalisme et violence** dans le livre jeunesse ». Onze heures quinze. C'était déjà commencé. Nous nous glissâmes sous le chapiteau bondé où Gilberte Delvaux affrontait une meute d'éditeurs en furie. Seule contre tous : l'idée ne devait pas lui déplaire. Sa voix aigrelette, amplifiée par le micro, résonnait sous la toile blanche, se brisait en trémolos nerveux : « L'enjeu est considérable : il en va de l'éducation de toute une génération, il en va de l'avenir de nos enfants ! »

Elle se rassit avec satisfaction au milieu du chahut général. Les uns applaudissaient à tout rompre, les autres sifflaient, criaient dans un joyeux vacarme… « On se croirait à l'Assemblée nationale ! » me souffla Pauline, qui adore les joutes politiques et ne rate jamais les retransmissions du mercredi.

La voix neutre du meneur de débat demanda s'il y avait des questions. Pauline leva la main avec frénésie. Je craignais le pire. D'ordinaire, sa spontanéité me fait du bien et moi, si silencieuse et timide, je me glisse dans son sillage avec un certain contentement, mais là ! C'est sous ma chaise que j'aurais aimé me glisser ! Un micro arriva jusqu'à elle :

« Tout d'abord, je voudrais vous remercier de vous intéresser à la santé mentale des jeunes… »

Un éclat de rire secoua l'assistance mais elle continua, imperturbable :

« Non, non, je suis sérieuse. C'est un problème important et j'ai deux questions. D'abord, je voudrais savoir qui décide de la publication d'un livre, s'il est bon ou pas pour les jeu… »

Gilberte Delvaux s'était levée, surexcitée :

« Bonne question ! Très bonne question ! Tout est là : c'est l'éditeur, uniquement l'éditeur ! Nous, à l'A.C.L.V., nous n'avons rien à dire. Aucun pouvoir ! Le seul critère, mademoiselle, c'est l'argent, le profit ! Une seule question se pose : est-ce que ça se vendra ? Et la violence se vend, la violence se vend très bien… »

Elle martelait chaque mot avec une énergie illuminée. Des huées de protestations couvrirent sa voix. Le présentateur réclama le silence et la deuxième question. Pauline ne se fit pas prier :

« Un éditeur de romans policiers vient d'être assassiné… Vous en réjouissez-vous ? »

Un « Oh ! » désapprobateur et amusé s'éleva de l'assistance. La présidente de l'A.C.V.L. blêmit, ses mains tremblaient. J'aurais voulu disparaître, échapper à tous ces regards. C'était effrayant ! Mais Pauline attendait la réponse, tout à fait détendue.

« Je crois que nous sortons du débat ! intervint un des participants, nous… »

Mais Gilberte Delvaux l'interrompit :

« Non, non… Je tiens à répondre à cette jeune fille. Voyez-vous, mademoiselle, je milite depuis trente ans contre la violence et contre la cupidité de certains éditeurs. Alors, si j'avais dû éliminer un par un tous ceux qui font fortune grâce au crime, je serais la plus grande *serial-killer* de tous les temps ! Non, je tiens à l'affirmer publiquement : je déplore ce qui est arrivé à monsieur Lefloch et j'espère que justice sera rendue ! »

Elle se rassit, très digne, sous un tonnerre d'applaudissements. Pour calmer les esprits échauffés, on annonça une pause de dix minutes et nous en profitâmes pour nous éclipser discrètement et retrouver la fraîcheur des allées.

Soudain, je me sentis observée. À quelques mètres, Barbara Berovna, sous son étrange chapeau noir, Barbara et son visage de clown triste… Elle vint à notre rencontre :

« Félicitations, mademoiselle. Vous avez dit tout haut ce que tout le monde pense tout bas. La mort de Lefloch a dû en réjouir plus d'un ! »

Saisissant la balle au bond, je ripostai :

« À commencer par vous… Je suis en stage chez Garnassière et j'ai assisté à votre dispute… »

Un rire démoniaque découvrit des dents de louve que le rouge sanglant des lèvres faisait paraître plus jaunes…

« Je vois ! Je suis aussi sur votre liste ! C'est flatteur ! Mais il faut un mobile…

— La vengeance !

— Eh bien, apprenez que j'ai décidé de signer chez un autre éditeur, son plus proche rival. Les

Éditions Ravages, si vous voulez tout savoir ! Sa mort me prive de ma vengeance… »

J'étais mal à l'aise. Nos suppositions s'effondraient une à une. Et, qui plus est, nos soupçons nous ridiculisaient aux yeux de tous. Vampirella secoua ses pendants d'oreilles qui jetaient des feux étincelants :

« Un conseil ! Si vous vous prenez pour Hercule Poirot, faites marcher vos petites cellules grises… Réfléchissez bien et trouvez le *vrai* coupable… mais vous n'avez plus droit à l'erreur ! »

Elle s'éloigna d'un pas militaire, son grand manteau noir lui battant les jambes.

Elle savait… Je le sentais : elle savait qui était l'assassin.

chapitre 12

La foule du dimanche avait envahi le Salon. Et l'espace désert qui menait aux toilettes, derrière les cloisons mobiles, nous avait paru l'endroit idéal pour déballer notre pique-nique. « Tu crois qu'on a le droit d'être là ? » Aucun panneau, aucune interdiction visible… Nous nous enfonçâmes entre les piles de cartons, les colonnes de caisses et de palettes de déménageurs. Un enchevêtrement d'échelles nous offrit un banc relativement confortable.

« Quel chantier ! On se croirait dans un hangar de port, dans une usine ! » s'étonna Pauline, qui découvrait les lieux.

Les sandwichs préparés par sa mère étaient délicieux. Le goût du thon et des œufs durs l'emportait sur les relents de fuel qui nous arrivaient par instants. Dehors, ce devait être la tempête. La pluie tambourinait sans discontinuer sur le toit et de violentes bourrasques secouaient l'ossature métallique des poutrelles. On se serait cru dans la cale d'un navire. Les bruits du Salon ne nous parvenaient plus qu'à peine, concurrencés par la rumeur de Paris derrière les grandes portes trouées de hublots. Grondement lointain de circulation. Béton. Ferraille. Un lieu froid, à usage purement commercial, sans humanité... Tout le contraire du livre... L'envers du décor !

Nous avions fait fausse route... Tous nos suspects se défilaient ! Pauline mastiquait en silence.

« Et si c'était madame Müller ? suggérai-je sans trop y croire. Dans les romans, c'est souvent celui à qui on n'a jamais pensé, l'assassin... le plus insignifiant... »

Et l'idée ne me déplaisait pas : la vengeance de l'employée modèle ! Pauline avala sa bouchée, secoua ses nattes :

« Et si c'était toi ? Tu ferais un... »

Mais elle n'acheva pas. Un bruit mat venait de troubler la paix de l'endroit, un bruit dont les échos se répercutaient en s'affaiblissant comme les ronds d'un caillou jeté à la surface de l'eau. Figée, mâchoire immobile, j'essayais de déglutir en silence. Je frissonnais de la tête aux pieds… Nous n'étions pas seules. Dans cette immensité déserte, quelque part derrière ces murs de planches, d'emballages vides… il y avait quelqu'un… Le sang bourdonnait dans mes oreilles.

« On nous surveille, murmura Pauline.

— Tu crois ? »

Rien, plus un bruit. Juste, au loin, les messages assourdis des haut-parleurs, le brouhaha de milliers de voix. La pluie sur le toit… Ce n'était peut-être qu'une rafale de vent, la chute d'une tôle, un craquement du bâtiment… Nous étions stupides. Toute cette histoire nous épuisait, usait nos nerfs.

« On s'est trompées ! »

Ma voix retrouvait un timbre normal. Mon cœur avait repris son rythme tranquille… Mais le doute s'était installé. Nous avalâmes à la hâte ce qui restait de nos casse-croûtes. Ce lieu en lisière du permis, si désirable quelques minutes auparavant, nous paraissait à présent inconfortable et hostile… Nous n'avions plus qu'une idée : le quitter au plus vite.

Comme nous nous levions, un bruissement bizarre nous tétanisa : une sorte de frôlement feutré. On se déplaçait tout près… Un chat ? Impossible, un chat se serait montré… Il y avait quelqu'un… entre nous et la palissade ouvrant sur le Salon. Quelle idée nous avions eue de nous enfoncer dans ce labyrinthe !

Sans oser remuer, je collai ma bouche à l'oreille de Pauline : « Il ne faut pas rester là, rapprochons-nous de la sortie… »

Abritées par les empilages de palettes, nous avancions sur la pointe des pieds… Plus aucun bruit… Dans quel recoin nous attendait-il ? Et pourquoi « il » ? Pourquoi pas « elle » ? Était-ce l'article employé par Barbara Berovna – « le » vrai coupable – qui me revenait inconsciemment ? Des ondes négatives nous cernaient. Un air épais, lourd de menaces…

« Séparons-nous. Je crie et je fonce à droite. Toi, tu cours à l'opposé. Prête ? »

«Y a quelqu'un ? » J'avais bien cru qu'aucun son ne sortirait de ma gorge mais mon cri déchira le silence. Aussitôt, je me lançai dans un sprint éperdu, le cœur battant à tout rompre. Immédiatement, des pas retentirent derrière moi. Des pas pesants, rapides qui n'étaient pas ceux de Pauline ! Je tentai d'obliquer par un couloir étroit entre deux rangées de chariots métalliques. Ma tête allait éclater… Pourvu que Pauline atteigne le Salon, qu'elle ramène des secours… Le bruit des pas décrut peu à peu… Je gagnai du terrain, je commençai à espérer.

Et soudain, je le vis, là, juste devant moi, l'air farouche, me barrant le passage.

chapitre 13

Sous la tignasse flamboyante, le visage grimaçait… juste au-dessus du mien. Allais-je m'évanouir ? Derrière les verres sombres, je devinai d'inquiétantes lueurs… Dans un sursaut de courage, j'arrachai les lunettes qui s'écrasèrent quelques mètres plus loin, dévoilant d'étranges yeux ronds d'un jaune marécageux. Il me tordit le poignet :

« Mais vous êtes folle ! Complètement folle ! Qu'est-ce que vous fabriquez ici ? »

Je ne pouvais plus parler… Ma fuite effrénée m'avait ôté toute énergie. Il me secouait comme un prunier. Ses doigts noueux s'enfonçaient douloureusement dans mon bras…

Avec une voix rauque qui me parut celle d'une autre, je risquai une dernière bravade : « Et vous ? »

Je devais par la suite regretter amèrement ces paroles… La honte de ma vie ! Je reverrai toujours cette scène en sentant le rouge me monter aux joues, la fièvre m'envahir jusqu'à la nausée.

Maxime Lascan, comme stupéfait, dénoua son étreinte, ramassa ses montures brisées et, brandissant sous mon nez un sandwich et un journal, grinça d'un rire mauvais :

« Voilà ce que je faisais, ma petite demoiselle : une pause repas, une pause tranquillité… C'est réussi ! La vie continue, figurez-vous… La mort de Gérard Lefloch m'ennuie plus qu'elle ne m'attriste, je ne m'en cacherai pas ! Et, depuis hier, le stand Garnassière est devenu invivable : impossible de s'isoler cinq minutes ! Mais vous, que faisiez-vous, vous n'avez pas répondu… ? »

Je pris mon air le plus naïf, celui que je prends en maths quand je n'ai rien appris et que le prof m'interroge et, ouvrant de grands yeux stupides, je balbutiai :

« Bah… comme vous… je pique-niquais… »

Il ricana, soupçonneux, soupira profondément et d'une bourrade me poussa vers la sortie :

« Admettons… Alors, ouste ! Dehors ! Ce n'est pas un endroit pour les mômes, ici ! »

Le mot était tombé, méprisant, et tout de suite je le détestais à nouveau ! Sous les paupières à demi closes, avec cet air à la fois hautain et somnolent, il avait quelque chose d'un fauve repu, entre deux digestions… Soudain, j'aperçus Pauline, près de la porte, qui nous regardait et sa présence me redonna des forces :

« Pas pour les mômes ? Ce n'est pas dangereux, tout de même !

— Qu'insinuez-vous encore ? »

Sa respiration s'était faite plus courte, il grimaça d'impatience :

« Vous me prenez pour un imbécile ? Vous croyez que je ne vois pas votre petit manège, que je ne lis pas dans vos pensées ? Depuis hier, vous vous dites : voilà le coupable idéal ! Madame Müller n'aura pas manqué, je présume, l'occasion de vous apprendre que mon contrat n'est pas reconduit… en d'autres termes, que je suis "remercié"… N'est-ce pas ? »

Je ne pus que me taire… Il parlait avec une colère contenue, prête à exploser :

« Et puis, j'avais accès à la bouilloire ! Eh oui ! À la bouilloire, à la réserve, au thé, aux poches, au sac, à la voiture, au bureau, à tout ! Alors, expliquez-moi : pourquoi choisir de l'éliminer ici, au milieu de milliers de témoins ? Pourquoi pas hier ou demain ? »

Je ne m'avouai pas vaincue :

« Et si c'était la ruse suprême ! Au bureau, il n'y a que peu de suspects… Et puis, ici, c'est tout un symbole, non ? Une vengeance en rapport avec l'affront ? »

J'attendais qu'il bondisse mais les pupilles jaunes flamboyèrent et l'ombre d'un sourire lui barra le visage :

« Possible ! Un assassin machiavélique, un crime parfait… Aucune preuve ! Si tel est le cas, ne vous fatiguez plus… Je suis un être immonde mais vous ne pouvez rien contre moi. J'ai tué Gérard Lefloch : après tout, si cette idée convient à votre petite cervelle de moineau… »

J'avais bien conscience de mon erreur, mais ce sourire sarcastique me soulevait le cœur. Il me méprisait et je le lui rendais bien… En rejoignant Pauline, nous n'échangeâmes plus un mot.

« Voici votre amie. Entière ! Inutile d'aller chercher des secours : l'assassin du Salon n'a pas frappé une seconde fois… Il y a mieux, comme coupable, croyez-moi. Beaucoup mieux ! »

Et, d'une voix mielleuse, il susurra :

« Certaines femmes sont très douées pour imaginer des petits scénarios… »

Il ne la nommait pas mais je savais bien qui il accusait ! Toujours cette façon insidieuse de parler des autres… il me dégoûtait. Pauline riposta :

« Ce n'est pas qu'une affaire d'imagination, il faut avoir un mobile ! Et Marie O'Faye n'avait aucune raison de tuer Gérard Lefloch. Quand on est l'auteur chouchou, on ne tue pas son éditeur… »

Il balança étrangement la tête, nous fixa de ses yeux torves :

« Je n'ai prononcé aucun nom : c'est curieux, tout de même, que vous pensiez à Marie O'Faye… Mais peut-être le saviez-vous ? Les nouvelles vont si vite, ici… On a dû vous le dire… que le dernier livre de l'auteur chouchou a été… refusé… »

Pauline et moi nous regardâmes, stupéfaites. Déjà, Maxime Lascan s'éloignait, déjà sa chevelure rousse se noyait dans les remous de la foule, engloutie comme un paquet d'algues à marée montante, lentement, inexorablement…

chapitre 14

Pauline me prit par l'épaule :

« Ne t'en fais pas ! Tu sais très bien que Marie O'Faye était au *Café Littéraire* avec toi… »

Justement, je n'en étais pas sûre du tout. Elle avait très bien pu revenir au stand, échanger les sucrettes empoisonnées contre d'autres et nous rejoindre ensuite… Pauline se fâcha presque :

« Mais réfléchis un peu ! Si elle était revenue au stand, Maxime Lascan l'aurait vu et il se serait fait une joie de te le dire, lui ou madame Müller… Que je sache, la sortie de la réserve est juste à côté de la caisse. »

Était-ce la fatigue, la chaleur, après la

pénombre du hangar, la lumière trop crue des néons ? Tout se troubla, mes genoux fléchirent, je m'appuyai contre un mur, incapable de faire un pas de plus. Quelque part, dans les brumes de ma mémoire, une lueur fluorescente venait de s'allumer... Un mot clignotait bizarrement, que je n'arrivais pas à déchiffrer... Et puis, soudain, comme au bout de jumelles, la mise au point... Sortie. Sortie. Un panneau. Le panneau du métro ! La vieille dame perdue !

« Pauline ! Le métro, l'escalier interdit ! Un autre moyen de sortir ou d'entrer ! »

Il fallait vérifier tout de suite : la réserve possédait peut-être une autre porte. Les stands, regroupés en îlots, s'imbriquent les uns dans les autres comme des immeubles dont les cours se rejoignent derrière les façades...

Mon malaise était passé. Nous contournâmes les stands, finissant par comprendre la manière dont ils s'organisaient autour de blocs centraux servant de réserves. En quittant Garnassière par la gauche, on longeait Ipomée, Fayard, Le Castor Astral, Grasset pour arriver à Black Polar... Black Polar, où Marie O'Faye avait signé aussi. Les deux stands communiquaient-ils ? Il aurait fallu en avoir le cœur net !

Chez Black Polar régnait une pagaille indescriptible : le concours *Détective en herbe* battait son plein. Au milieu d'une foule d'enfants surexcités, un animateur, affublé d'un costume de Sherlock Holmes trop grand pour lui, hurlait d'une voix éraillée :

« Mais reculez ! Écartez-vous… On s'assoit ! Au premier rang, on s'assoit ! J'ai dit, on s'assoit ! Mais vous êtes sourds ? J'annule tout ! On s'assoit ! »

Les imprécations restaient sans effet, les gamins braillaient, se poussaient… Derrière eux, l'air goguenard, manteaux empilés sur le bras, les parents attendaient et commençaient à consulter leur montre…

« On se tait ! Première question… Un peu de silence ! J'ai dit : première question. Qui a écrit *Le chien des Baskerville* ?

— Conan Doyle », ne put s'empêcher de lancer un père. L'animateur explosa :

« Mais, monsieur, c'est un concours pour les enfants ! Les parents se taisent ! J'annule la question… »

L'homme, furieux et vexé, attrapa son fils par la manche… Le garçon se mit à pleurer. Je profitai de la panique généralisée pour glisser vers la réserve. Pauline ferait le guet… Si on m'interrogeait, je répondrais que je venais chercher l'écharpe de Marie O'Faye : un truc à la noix, banal donc crédible, et puis j'avais mon badge « Exposant ».

La voix aboyait : « On ne touche pas aux livres ! On se calme ! On se calme ! »

Je refermai la porte sur moi. La réserve de Black Polar ressemblait à la nôtre, même exiguïté, même amoncellement de vêtements, de tasses à café mal lavées, de paquets de chips entamés. Une table, deux chaises, un large portemanteau mural. Des impers humides… Je les écartai. Une porte ! Il y avait une porte ! Aucune poignée. Je poussai doucement… Le panneau résista à peine… La porte s'entrebâilla. De l'autre côté, des cartons gênaient… J'insistai… Elle céda…

C'était bien la réserve Garnassière ! D'une part, Black Polar, de l'autre, Garnassière. Personne ne m'avait vue ! Ce que je venais de faire, tous auraient pu le faire, et Marie O'Faye qui signait sur les deux stands plus qu'une autre.

Je regardais le passage. Difficile de deviner sa présence derrière ces affiches, ces piles de cartons et ces patères couvertes de vestes, de pardessus, de chapeaux ! Un véritable rideau de vêtements.

Je m'assis pour calmer les battements de mon cœur. Protégée par les scellés et par Pauline, je ne risquais plus grand-chose. La petite table était vide. Le commissaire avait tout emporté. Sur le miroir du mur, on avait dessiné un cœur au rouge à lèvres.

Qui avait bien pu s'amuser à tracer ce signe déplacé ?

J'étais triste, profondément triste. Marie O'Faye avait donc pu entrer ici sans qu'on la vît... Les autres aussi, bien sûr... Mais... tout de même. Il fallait sortir, à présent. Des rires fusèrent derrière la cloison. Des voix, un entrechoquement de tasses... La pause-café Black Polar. J'étais coincée et ma cellule n'offrait pas beaucoup de divertissement ! Ne pas s'énerver, prendre son mal en patience. Pauline allait devoir attendre un peu. Désœuvrée, je cherchai de quoi calmer mon angoisse. À côté de moi, la pile des manuscrits apportés par les auteurs. Il y avait de tout : pirates, chevaux, amour, amitié, racisme, fugues, divorces. Et des magiciens, des magiciens. Partout des magiciens !

Un paquet bleu bizarrement noué de raphia attira mon attention. Une étiquette : Marie O'Faye. Le manuscrit dont avait parlé Maxime Lascan ! Parfaitement emballé : personne ne l'avait donc regardé ! Comment était-ce possible ? Comment un éditeur avait-il pu ne pas s'intéresser à ce nouveau roman que tant de lecteurs attendaient ? S'il ne l'avait pas lu, pour quel motif le refuser ? Pourquoi ?

Ces questions me troublaient... Il y avait là un mystère dont le sens m'échappait. Que s'était-il passé entre Lefloch et Marie O'Faye ?

Pas dénoué, sous le kraft bleu, ce roman que j'attendais depuis un an ! Je serais donc privée de cette joie : sortir de la librairie, le précieux bouquin à la main, monter d'un pas léger jusqu'à l'appartement et, qu'il pleuve ou que l'été s'annonce, m'embarquer séance tenante dans la dernière histoire de mon écrivain préféré ! Devenir son héroïne, vivre à son rythme, éprouver les mêmes frayeurs ! Partager une fois encore le goût délectable d'une énigme à résoudre ! À côté, la pause-café se prolongeait. Tant pis... Je ne lésais personne… Je dénouai d'une main hésitante le raphia… Juste lire quelques lignes, puisque j'étais prisonnière ! Juste frôler ce bonheur de lecture dont Lefloch avait voulu me priver… Le papier bleu s'écarta et le titre apparut… Pas possible !

Non ! Je refusai de le croire ! Marie O'Faye ne pouvait pas être l'assassin !

chapitre 15

À côté, les voix s'étaient tues. Je regardai ma montre : midi ! La réunion avec le commissaire ! Vite, je fourrai papier, raphia, manuscrit dans un sac plastique…

Une vibration soudaine secoua la cloison et, avant que j'aie eu le temps de comprendre, la porte s'ouvrit d'un coup sec, encadrant la silhouette de monsieur Combes :

« Que fabriquez-vous là-dedans ? »

Ses lunettes rondes lui faisaient des yeux de crapaud. Il avait parlé d'une voix sourde, pleine de reproche… J'étais pétrifiée.

« Je vous ai posé une question. »

J'avalai ma salive et, montrant triomphalement la porte opposée :

« Par là, comme celui qui a empoisonné le thé ! »

Me repoussant d'un geste brutal, il arracha les cintres qui cliquetèrent, jeta à terre des manteaux et ouvrit la porte. On le vit disparaître côté Black Polar puis resurgir aussitôt, l'air soucieux. Sur le stand Garnassière, c'était la stupeur, un silence absolu. Ils étaient pourtant tous là... Maxime Lascan, madame Müller, Jean-Paul Messian, Stéphane Brossaud... Il n'en manquait pas un. Accoudées à la table des signatures, Barbara Berovna et Marie O'Faye paraissaient s'ennuyer et, dans l'allée, Gilberte Delvaux téléphonait, accrochée à son portable.

Le commissaire se planta face à Laurence. Pourquoi ne lui avait-elle rien dit au sujet de cette communication ? La pauvre était effondrée. Lorsqu'elle était arrivée, vendredi, le fouillis masquait déjà le passage. Elle n'avait rien remarqué... Il soupira, incrédule, et se tourna vers moi.

Je racontai l'épisode du métro, la phrase de Pauline et l'idée de vérifier cette hypothèse... Le policier toussota :

« Il faudrait voir si c'est possible par exemple de vider la boîte de sucrettes, de la nettoyer soigneusement et de la remplir d'innocentes pastilles : ce qui expliquerait que nous n'ayons trouvé aucune trace de poison... »

Stéphane Brossaud replia son journal :

« Cette découverte modifie-t-elle votre analyse de la situation ?

— Pas vraiment, mais elle éclaire la question de la substitution des sucrettes, que je ne parvenais pas à m'expliquer... »

Il s'approcha de Marie O'Faye :

« Vous aviez raison, madame, pas de poison mais... trois sortes d'empreintes sur la boîte : celles de monsieur Lefloch ont été identifiées par le labo et je ne doute pas quc les autres soient les vôtres et celles de cette jeune fille... Nous vérifierons, mais c'est tout à fait superflu ! »

Marie O'Faye réfléchissait. Immobile. Seule sa main gauche jouait avec la bague de sa main droite :

« Cela va de soi, opina-t-elle. Gérard Lefloch réclame des sucrettes, madame Müller me le fait savoir mais c'est Elsa qui les apporte. Trois utilisateurs, trois sortes d'empreintes... Logique, non ? »

Monsieur Combes enfonça ses mains dans ses poches, déformant un peu plus encore le tweed fatigué de sa veste, et secoua la tête :

« Logique... Mais cette porte ouvre, sans jeu de mots, de nouvelles perspectives et, en tant qu'auteur d'énigmes policières, vous le sentez aussi... Je n'en doute pas... chère madame O'Faye... »

Elle lui décocha son plus charmant sourire, franc et lumineux, et j'en fus soulagée. Infiniment soulagée. Tout n'était qu'une suite de malheureuses coïncidences et je serrai contre moi le manuscrit... J'aurais tant aimé qu'elle ne soit pas coupable...

« Nul ne songeait à vous accuser particulièrement. Ni vous, ni Jean-Paul Messian, d'ailleurs, poursuivit le policier. Mais, tous deux, vous travaillez aussi pour Black Polar, tous deux y avez dédicacé vos ouvrages... Rien ne vous était plus facile que de passer d'une réserve à l'autre... et d'opérer le transfert ! »

Jean-Paul Messian s'était dressé, blanc comme un linge, tremblant d'indignation. Il n'avait rien à faire dans cette sale histoire… Gérard Lefloch, il s'en moquait bien, il n'avait aucun lien intime avec lui… Et puis, samedi matin, il signait chez Galimatias, à l'autre bout du Salon ! Alors… Il se rassit bruyamment comme un élève puni à tort manifeste son mécontentement.

Marie O'Faye lui tapota l'épaule :

« Ne vous mettez pas martel en tête : ce ne sont que des suppositions non fondées. Ni vous, ni moi ne soupçonnions l'existence de cette porte. D'ailleurs, il sera facile de vérifier que nos empreintes n'y figurent pas ! »

Le silence retomba, pesant. Maxime Lascan regarda sa montre, Gilberte Delvaux jubilait… Tout à coup, Marie O'Faye se leva :

« Nous n'allons pas passer la journée ici. J'avoue, j'avoue tout : j'ai donné mes sucrettes à monsieur Lefloch. Voilà le crime : arrêtez-moi et qu'on en finisse ! »

Le commissaire, qui se mouchait, sembla ne pas entendre cette théâtrale tirade. Il replia soigneusement son mouchoir. L'écrivain se calma :

« Et puis, croyez-vous que si j'avais eu ce noir dessein, je me serais servie d'une de mes jeunes lectrices pour l'exécuter ? Vous faites de moi un bien sinistre personnage… »

Le policier se caressait le menton, perplexe… Tous se taisaient.

Pauline, qui venait d'arriver, m'interrogea du regard… Alors ? Alors, rien : on pataugeait en plein marécage… Du sur-place. Finalement, monsieur Combes saisit l'imperméable qu'il avait abandonné sur une chaise et l'enfila en frissonnant. Deux grandes taches d'humidité marquaient le dos. Dehors, il devait pleuvoir à seaux…

« Oui, oui… c'est bien ce qui me gêne… juste ça… Bon, je ne vous retiens pas plus longtemps, on a vos coordonnées. Vous serez bientôt convoqués. D'ici là, j'aurai vérifié certains petits détails… Et vous, si quelque chose vous revient, n'hésitez pas… »

Il semblait épuisé, la fièvre faisait briller ses yeux…

« … À m'appeler… Vous avez mon numéro, jeune fille ? »

Je serrai le sac plastique « Lire, c'est vivre » contre moi. Il me regardait avec insistance. Je me tus.

chapitre 16

« **Pouvons-nous rouvrir** le stand cet après-midi ? hasarda madame Müller. Nous devions recevoir, à quinze heures, trois auteurs qui viennent de province et nous n'avons pas réussi à les joindre… »

Le commissaire bougonna :

« Pas de problème ! Rouvrez ! Rouvrez ! Nous n'avons plus rien à faire ici. Celui ou celle qui a emprunté le passage aura eu soin de ne laisser aucune trace ! Je devrais devenir auteur, moi, ça m'aiderait peut-être… »

Il avait soudain l'air épuisé, il serra quelques mains avant de s'arrêter devant Marie. Mes jambes flageolaient, allaient-elles me trahir ? Il aurait fallu trouver le courage de m'avancer vers lui et de déclarer : « Monsieur le commissaire, cette femme dont j'ai collé la photo au-dessus de mon bureau, cette femme dont j'ai lu tous les romans, cette femme que j'étais si heureuse de rencontrer, cette femme a fait de moi l'instrument d'un meurtre ! Oui, elle est coupable et je possède une preuve… qui la désigne… »

Mais non, je ne bougeai pas. Elle souriait, détendue. Lâchement, je regardai le policier sortir de sa poche, comme au ralenti, un livre de Marie O'Faye :

« Vous pouvez me mettre un petit mot ? C'est pour ma nièce… elle adore vos histoires… »

L'écrivain balafra la page d'un « Amical souvenir » et lui tendit le roman dédicacé comme un cadeau de prix. L'atmosphère redevenait agréable, la littérature reprenait ses droits :

« Vous signez encore, cet après-midi ?

— Non, j'ai fini. Je ne suis venue que pour la réunion. Je m'en vais… J'ai juste une écharpe et un paquet à prendre à côté, et puis je me sauve… »

Elle se dirigea vers la réserve… Un paquet ? Elle voulait reprendre le manuscrit… Que faire ?

« Madame O'Faye ? »

Était-ce bien ma voix ? Je ne l'aurais pas juré ! Mon corps semblait s'être séparé de mon esprit. Une partie de moi assistait, impuissante, à ce que faisait l'autre.

« Madame O'Faye… Je crois que j'ai le paquet que vous allez chercher… »

Le sourire se figea, les yeux s'arrondirent comme ceux d'un chat surpris qui marque un temps d'arrêt avant de fuir. Je levai le bras, ignorant les regards lourds de reproches de Pauline… N'étais-je pas en train de soustraire une preuve à la justice ?

Complice ! Complice une première fois ! Complice, une seconde ! Les yeux de Marie O'Faye… le regard de Pauline… Il m'aurait fallu réfléchir, envisager les conséquences d'un tel geste, mais mon cerveau refusait de fonctionner. Les mots, les phrases étaient là, mais dans le désordre. Impossible de les organiser… Quelque chose d'indéfinissable bloquait mes pensées. Sous l'emprise des pupilles émeraudes, j'agissais comme un automate.

« Elsa ! » Le cri de Pauline déchira les brumes qui m'enveloppaient, suspendit mon geste. Une main trapue s'empara du sac et la vie revint brutalement dans mes veines.

« Donnez ! »

Sans plus attendre, le commissaire extirpa le paquet du plastique. Je ne saurais dire quelle fut la réaction de Marie O'Faye… Je détournai la tête. Un mélange de honte et de soulagement m'avait saisie. En quelques secondes, j'étais devenue la cause de sa perte. Comment affronter celle que je venais de trahir ? Mais aussi, pourquoi m'avait-elle fait participer à sa folie vengeresse ? Pourquoi ? Sur le stand Garnassière, chacun retenait son souffle… Le policier prenait son temps, déballait soigneusement le manuscrit… La couverture apparut enfin… La couverture et son titre implacable : *MEURTRE AU THÉ VERT*.

Épilogue[1]

Il commença la lecture :

« "Madame Müller servait de miroir déformant à Gérard Lefloch, aussi ne la quittait-il plus des yeux. Ce n'était pas sa moitié, mais son quart, un reproche permanent à sa propre surcharge pondérale. Comme l'œil de Caïn dans la tombe, un remords sans issue… Il faisait des efforts, avait banni frites et choucroute garnie, frappé d'ostracisme paella et babas au rhum. Eau de source, salades et haricots verts peuplaient son réfrigérateur. Adieu, Nutella, mayonnaise et whisky-soda ! Dans la somptueuse cuisine suréquipée de la rue de Seine ne subsistait ni la

1. Voir glossaire p. 109.

moindre tablette de chocolat, ni le plus petit morceau de sucre… Il n'aurait pas pu dire combien de temps il tiendrait, mais, depuis six mois, il tenait ! Au premier écart : thé vert… Madame Müller lui avait soufflé le truc… thé vert ! Thé vert ! Imparable !"

— Mais vous n'allez pas tout nous lire ! C'est terrible pour un auteur de s'entendre ainsi. J'ai l'impression de passer un examen. »

Il déboutonna son imper, réprima un éternuement :

« Alors, racontez-moi la fin, ce sera plus rapide ! »

Marie O'Faye se rassit :

« Inutile, je pense… vous la connaissez déjà ! »

Le commissaire secoua le manuscrit :

« Il sera difficile de plaider la non-préméditation… »

Elle lui jeta un regard tranchant, respira profondément et se mit à parler d'une voix monocorde. Sans émotion.

L'objet qui l'accusait était destiné à prévenir Lefloch. Elle avait tout fait pour l'avertir, pour éviter d'en arriver à cette extrémité. Nul ne pourrait prétendre le contraire… Mais il était allé trop loin…

« Vous n'êtes pas écrivain, je ne suis pas sûre que vous puissiez comprendre… Il m'a fait retravailler ce roman plusieurs fois et sans jamais le lire ! Trop court, trop long, trop ceci, trop cela… Rien n'allait jamais… Je me suis enfin aperçue qu'il ne lisait rien de ce qu'il éditait… J'avais cessé de plaire, j'exigeais des droits d'auteur trop élevés, il préférait les jeunes écrivains payés au lance-pierres ! Je le lui ai dit, il m'a juré que non ! J'avais compris qu'il voulait se débarrasser de moi, je lui ai laissé une dernière chance ! »

Gilberte Delvaux et Stéphane Brossaud s'étaient rapprochés. Nous formions autour d'elle un cercle muet et navré. Sous l'emprise de la haine, elle se transformait peu à peu. Ce n'était plus qu'une vieille femme aux cheveux gris, aux traits affaissés. Gérard Lefloch voulait de l'original, du vécu, de l'interactif ! Il allait être servi ! Elle avait écrit toutes les nuits pendant un mois *Meurtre au thé vert*, comme un ultime avertissement. Il avait promis de le lire dans la journée. Le soir, un courriel l'attendait : « Marie. Lu votre manuscrit. Pourquoi cette hâte ? Projet à laisser mûrir… Histoire trop confuse, tout à fait invraisemblable… Et pourquoi pas une histoire de magicien dans un collège anglais ? On en reparle ? »

« Samedi, en arrivant, j'ai trouvé le manuscrit dans la pile : l'emballage était impeccable… Même pas ouvert ! Il venait de signer sa perte… Voilà, vous savez tout ! Même la fin : l'arrestation de la coupable. C'est la seule différence avec le livre… Dans mon histoire, le commissaire est un gros balourd qui ne comprend rien à rien et le crime reste impuni… Il faut dire que personne n'a l'idée de lire le manuscrit ! »

Rêvais-je ou non ? Je crois qu'elle me souriait. Aucune trace de ressentiment à mon égard, ni dans sa voix, ni sur son visage…

« Je vous demande pardon !

— Surtout pas ! Tout est de ma faute. Quelle idée tordue de vous mêler à tout ça ! Mais comment aurais-je pu prévoir que la stagiaire serait une de mes plus fidèles lectrices ? »

Monsieur Combes consulta sa montre. Il était temps de partir. Elle noua tranquillement son écharpe, me regarda : « *Meurtre au thé vert*, c'était un bon titre, non ? », puis elle suivit le policier dans l'allée. La foule les avala…

Un groupe d'auteurs arrivait pour signer.

Une dame avait entrepris madame Müller sur le prix exorbitant du livre jeunesse.

Laurence nous attrapa par le bras : « Allez, ouste ! On s'en va ! Je vous emmène au cinéma… ! Maxime Lascan se fera une joie de bosser un peu ! »

En m'éloignant, je jetai un dernier coup d'œil au stand Garnassière. Ils me paraissaient tous bien petits !

C'était décidé. En rentrant, j'allais vider mes placards, descendre tous les polars à la poubelle et, pour plus tard, on verrait…

Il n'est plus du tout, mais plus du tout certain que je devienne libraire…

GLOSSAIRE

Attaché(e) de presse : celle ou celui qui assure la relation entre l'auteur et la presse.

Belle page : page de droite, où commence un chapitre.

Distributeur : celui qui achemine les livres chez les libraires.

Épilogue : conclusion d'un récit.

Formatage (péjoratif) : fait de subordonner l'œuvre au format.

In-folio : format d'un livre lorsqu'une feuille pliée en huit donne quatre pages.

Office : quantité de livres que reçoit le libraire sans les avoir choisis.

Photo-compo(sition) : mise en page du texte.

Pilon : destruction des invendus.

Quatrième de couverture : textes et photos figurant au dos d'un livre et donnant des renseignements sur l'histoire et sur l'auteur.

Service de presse : ensemble des livres envoyés à la presse.

Tiré à part : tirage limité, réservé à l'auteur et à quelques personnes, numéroté et luxueux.

Collection animée par Jack Chaboud

20, rue Berbier-du-Mets
75013 Paris
www.magnard.fr

Loi n° 49-956 du 16-07-1949 sur les publications destinées à la jeunesse.

Conception de couverture : Lonsdale
Photogravure : Dawant Fossard

N° d'éditeur : 2004/403 – Dépôt légal : octobre 2004
Achevé d'imprimer en septembre 2004 par SYL - Barcelone (Espagne)